Hanseli dhe Gretela

Hansel and Gretel

Retold by Manju Gregory
Illustrated by Jago

Albanian translation by Viola Baynes

Mantra

Një herë e një kohë, shumë kohë më parë, jetonte një druvar i varfër bashkë me gruan dhe dy fëmijët. Emri i djalit ishte Hansel dhe emri i të motrës, Gretel.

Në këtë kohë një zi buke e madhe dhe e tmerrshme ishte përhapur nëpër gjithë vendin. Një mbrëmje, babai iu drejtua të shoqes dhe psherëtiu: "Na ka ngelur shumë pak bukë për të na ushqyer."

"Dëgjomë," i tha gruaja. "Do t'i çojmë fëmijët në pyll dhe do t'i lëmë atje. Ata mund të kujdesen për veten e tyre."

"Por ata rrezik do t'i bëjnë copë-copë kafshët e egra!" thirri ai.

"A dashke që të vdesim që të gjithë?" i tha ajo. Dhe gruaja e burrit vazhdoi ta luste gjatë e gjatë, deri sa ai ra dakord.

Once upon a time, long ago, there lived a poor woodcutter with his wife and two children. The boy's name was Hansel and his sister's, Gretel. At this time a great and terrible famine had spread throughout the land. One evening the father turned to his wife and sighed, "There is scarcely enough bread to feed us."

"Listen to me," said his wife. "We will take the children into the wood and leave them there. They can take care of themselves."

"But they could be torn apart by wild beasts!" he cried.
"Do you want us all to die?" she said. And the man's wife went on and on and on, until he agreed.

Dy fëmijët rrinin zgjuar, në ankth dhe të pafuqishëm nga uria.
Ata kishin dëgjuar çdo fjalë, dhe Gretela qau me lot të hidhur.
"Mos ki merak," i tha Hanseli, "Mendoj se e di se si të shpëtojmë."
Ai doli në kopsht mbi majat e gishtave. Nën dritën e hënës, guriçka të bardha dhe të
ndritshme shkëlqenin si monedha argjendi në rrugicë. Hanseli mbushi xhepat me
guriçka dhe u kthye për të ngushëlluar të motrën.

The two children lay awake, restless and weak with hunger.
They had heard every word, and Gretel wept bitter tears.
"Don't worry," said Hansel, "I think I know how we can save ourselves."
He tiptoed out into the garden. Under the light of the moon, bright white pebbles shone like
silver coins on the pathway. Hansel filled his pockets with pebbles and returned to comfort
his sister.

Herët në mëngjes të nesërmen, para se të agonte dielli, nëna i tundi fort për t'i zgjuar Hanselin dhe Gretelën.

"Çohuni, se po shkojmë në pyll. Ja një copë bukë për secilin prej jush, por mos e hani njëherësh."

Të gjithë u nisën së bashku. Hanseli ndalonte hera-herës dhe hidhte shikimin mbrapa drejt shtëpisë së tij.

"Çfarë po bën?" bërtiti i ati.

"Vetëm po tund dorën për t'i thënë mirupafshim maces sime të vogël bardhoshe që është ulur mbi çati."

"Gjepura!" iu përgjigj e ëma. "Fol të vërtetën. Ai është dielli i mëngjesit që shkëlqen mbi poçen e oxhakut."

Hanseli po lëshonte fshehurazi guriçka të bardha përgjatë rrugicës.

Early next morning, even before sunrise, the mother shook Hansel and Gretel awake.

"Get up, we are going into the wood. Here's a piece of bread for each of you, but don't eat it all at once."

They all set off together. Hansel stopped every now and then and looked back towards his home.

"What are you doing?" shouted his father.

"Only waving goodbye to my little white cat who sits on the roof."

"Rubbish!" replied his mother. "Speak the truth. That is the morning sun shining on the chimney pot."

Secretly Hansel was dropping white pebbles along the pathway.

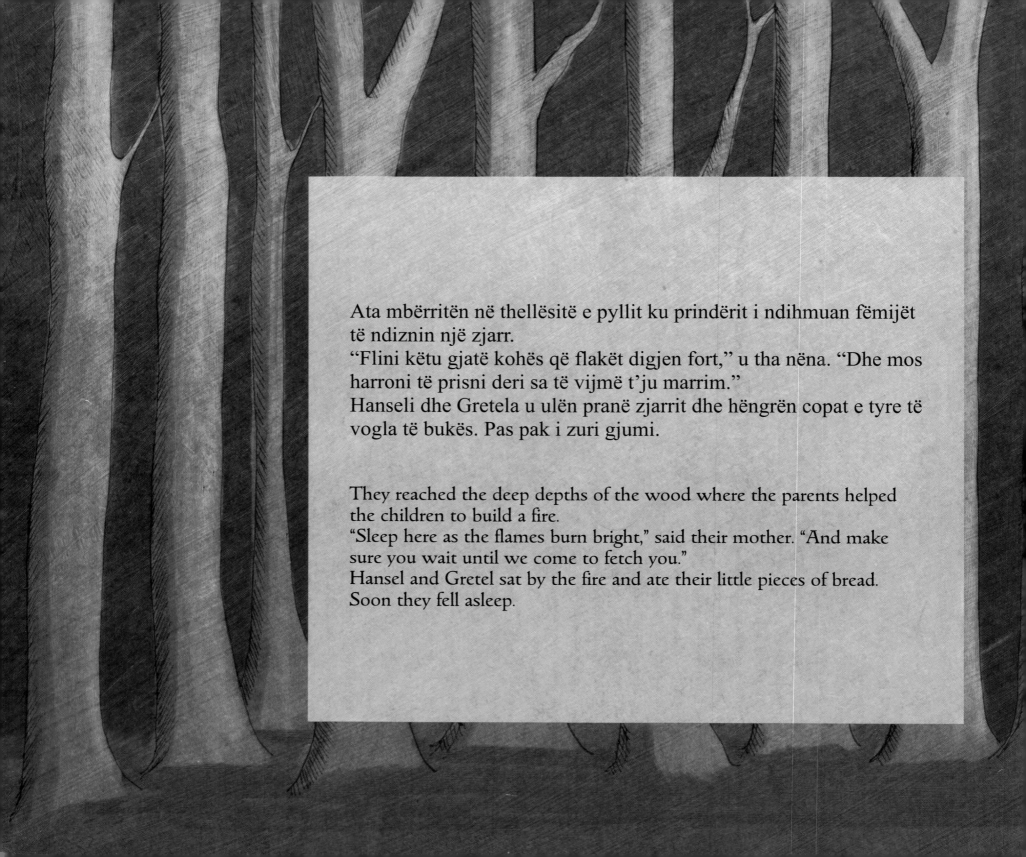

Ata mbërritën në thellësitë e pyllit ku prindërit i ndihmuan fëmijët
të ndiznin një zjarr.
"Flini këtu gjatë kohës që flakët digjen fort," u tha nëna. "Dhe mos
harroni të prisni deri sa të vijmë t'ju marrim."
Hanseli dhe Gretela u ulën pranë zjarrit dhe hëngrën copat e tyre të
vogla të bukës. Pas pak i zuri gjumi.

They reached the deep depths of the wood where the parents helped
the children to build a fire.
"Sleep here as the flames burn bright," said their mother. "And make
sure you wait until we come to fetch you."
Hansel and Gretel sat by the fire and ate their little pieces of bread.
Soon they fell asleep.

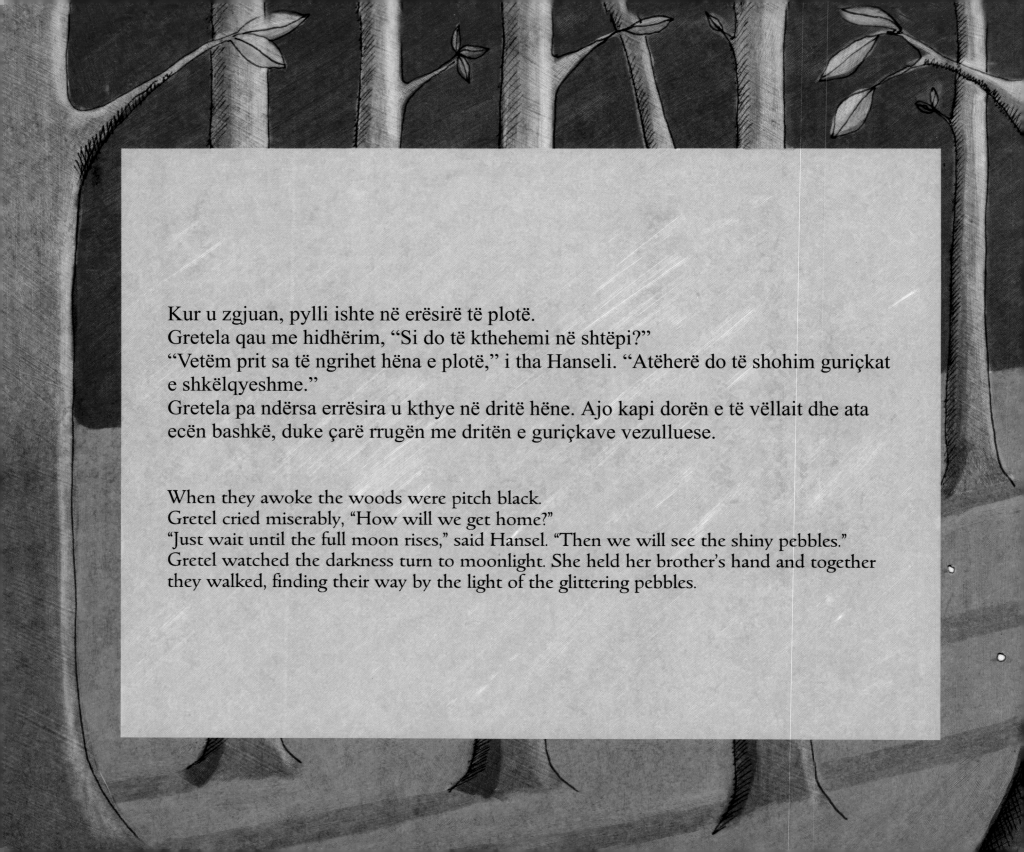

Kur u zgjuan, pylli ishte në errësirë të plotë.

Gretela qau me hidhërim, "Si do të kthehemi në shtëpi?"

"Vetëm prit sa të ngrihet hëna e plotë," i tha Hanseli. "Atëherë do të shohim guriçkat e shkëlqyeshme."

Gretela pa ndërsa errësira u kthye në dritë hëne. Ajo kapi dorën e të vëllait dhe ata ecën bashkë, duke çarë rrugën me dritën e guriçkave vezulluese.

When they awoke the woods were pitch black.

Gretel cried miserably, "How will we get home?"

"Just wait until the full moon rises," said Hansel. "Then we will see the shiny pebbles."

Gretel watched the darkness turn to moonlight. She held her brother's hand and together they walked, finding their way by the light of the glittering pebbles.

Aty nga mëngjesi ata erdhën tek kasollja e druvarit.
Kur nëna e tyre hapi derën, ajo bërtiti: "Pse keni fjetur kaq gjatë
në pyll? Unë mendova që nuk do të ktheheshit më në shtëpi."
Ajo ishte shumë e inatosur, por ati i tyre ishte i kënaqur. Nuk i
kishte ardhur mirë aspak që i kishin lënë vetëm.

Koha kaloi. Ende nuk kishte mjaft ushqim për të ushqyer familjen.
Një natë Hanseli dhe Gretela dëgjuan fshehurazi nënën e tyre të thoshte: "Fëmijët
duhet të ikin. Ne do t'i çojmë më thellë në pyll. Kësaj radhe nuk do të gjejnë
rrugëdalje."
Hanseli doli tinëzisht nga krevati për të mbledhur përsëri guriçka, por kësaj here
dera ishte e kyçur.
"Mos qaj," i tha Gretelës. "Do të mendoj për diçka. Fli gjumë tani."

Towards morning they reached the woodcutter's cottage.
As she opened the door their mother yelled, "Why have you slept so long in the woods?
I thought you were never coming home."
She was furious, but their father was happy. He had hated leaving them all alone.

Time passed. Still there was not enough food to feed the family.
One night Hansel and Gretel overheard their mother saying, "The children must go.
We will take them further into the woods. This time they will not find their way out."
Hansel crept from his bed to collect pebbles again but this time the door was locked.
"Don't cry," he told Gretel. "I will think of something. Go to sleep now."

Të nesërmen, me copa buke akoma më të vogla për rrugën, fëmijët u çuan në një vend thellë në pyll, ku nuk kishin vajtur më parë. Herë pas here Hanseli ndalonte dhe hidhte përdhe disa thërrime buke.

Prindërit e tyre ndezën një zjarr dhe u thanë të flinin. "Ne do të presim dru, dhe do t'ju marrim kur puna të ketë mbaruar," u tha e ëma.

Gretela ndau bukën e saj me Hanselin dhe të dy pritën gjatë. Por nuk erdhi askush.

"Kur të ngrihet hëna do të shohim thërrimet e bukës dhe do të çajmë rrugën për në shtëpi," tha Hanseli.

Hëna u ngrit por thërrimet ishin zhdukur. Zogjtë dhe kafshët e pyllit i kishin ngrënë të gjitha.

The next day, with even smaller pieces of bread for their journey, the children were led to a place deep in the woods where they had never been before. Every now and then Hansel stopped and threw crumbs onto the ground.

Their parents lit a fire and told them to sleep. "We are going to cut wood, and will fetch you when the work is done," said their mother.

Gretel shared her bread with Hansel and they both waited and waited. But no one came.

"When the moon rises we'll see the crumbs of bread and find our way home," said Hansel.

The moon rose but the crumbs were gone.

The birds and animals of the wood had eaten every one.

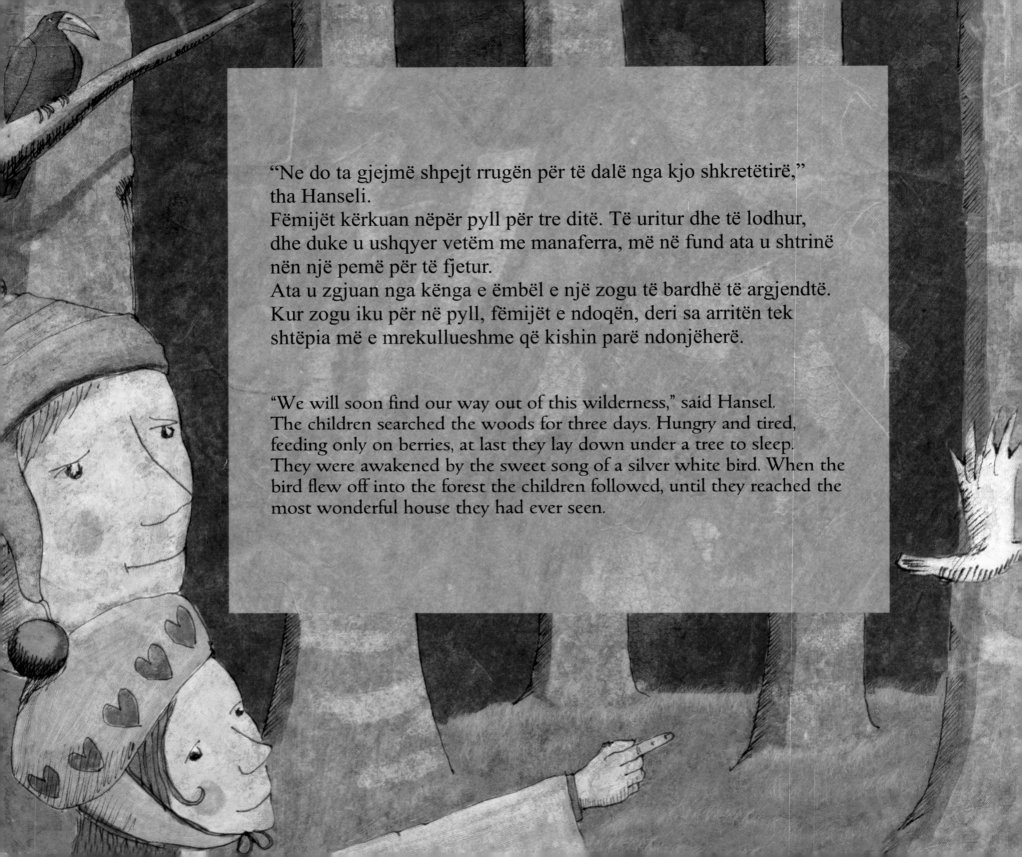

"Ne do ta gjejmë shpejt rrugën për të dalë nga kjo shkretëtirë," tha Hanseli.
Fëmijët kërkuan nëpër pyll për tre ditë. Të uritur dhe të lodhur, dhe duke u ushqyer vetëm me manaferra, më në fund ata u shtrinë nën një pemë për të fjetur.
Ata u zgjuan nga kënga e ëmbël e një zogu të bardhë të argjendtë.
Kur zogu iku për në pyll, fëmijët e ndoqën, deri sa arritën tek shtëpia më e mrekullueshme që kishin parë ndonjëherë.

"We will soon find our way out of this wilderness," said Hansel.
The children searched the woods for three days. Hungry and tired, feeding only on berries, at last they lay down under a tree to sleep. They were awakened by the sweet song of a silver white bird. When the bird flew off into the forest the children followed, until they reached the most wonderful house they had ever seen.

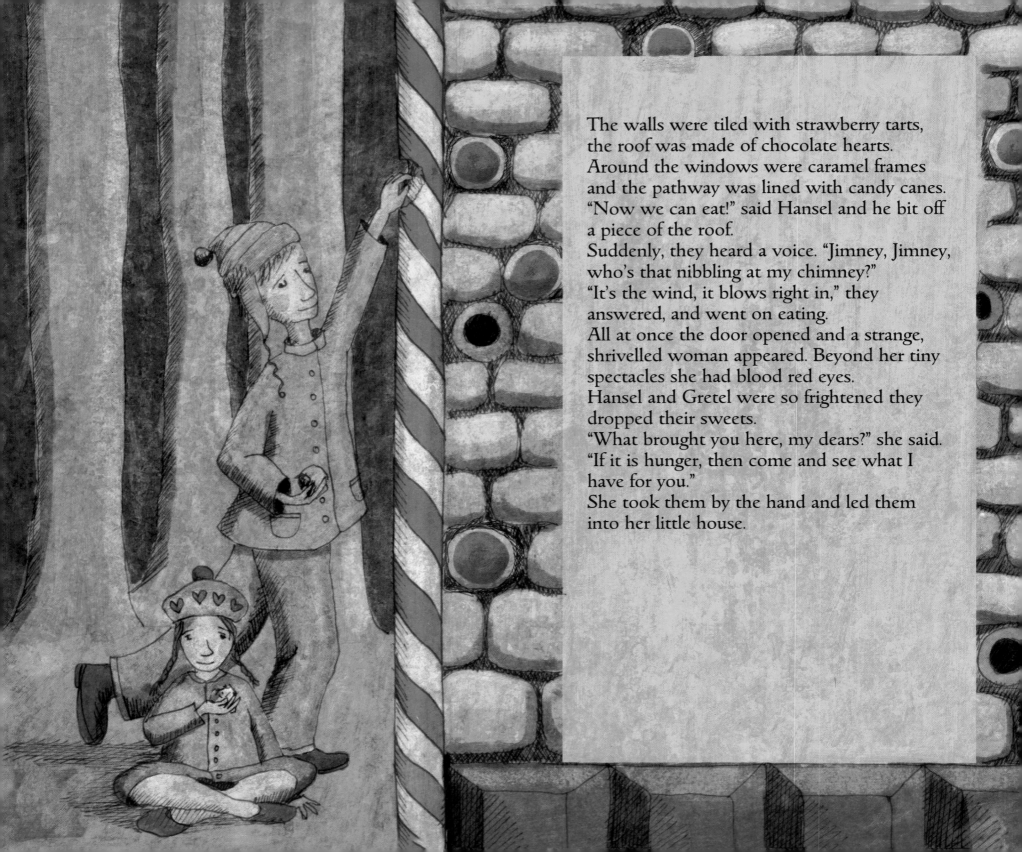

The walls were tiled with strawberry tarts,
the roof was made of chocolate hearts.
Around the windows were caramel frames
and the pathway was lined with candy canes.
"Now we can eat!" said Hansel and he bit off
a piece of the roof.
Suddenly, they heard a voice. "Jimney, Jimney,
who's that nibbling at my chimney?"
"It's the wind, it blows right in," they
answered, and went on eating.
All at once the door opened and a strange,
shrivelled woman appeared. Beyond her tiny
spectacles she had blood red eyes.
Hansel and Gretel were so frightened they
dropped their sweets.
"What brought you here, my dears?" she said.
"If it is hunger, then come and see what I
have for you."
She took them by the hand and led them
into her little house.

Në vend të pllakave, muret kishin torta me luleshtrydhe, çatia ishte bërë nga zemra prej çokollate. Rreth dritareve kishte korniza prej karameli dhe rruga për tek shtëpia ishte vijëzuar me kallama sheqeri.

"Tani mund të hamë!" tha Hanseli dhe shkëputi me një kafshatë një copë nga çatia.

Papritmas, dëgjuan një zë. "Thërrime, thërrime, kush po kafshon çatinë time?"

"Është era, ajo fryn drejt e brenda," iu përgjigjën, dhe vazhduan të hanin.

Menjëherë dera u hap dhe doli një grua e çuditshme dhe e vyshkur. Pas syzeve të saj të vogla ajo kishte sy të kuq si gjaku.

Hanseli dhe Gretela u trembën aq sa u ranë karamelet nga duart.

"Çfarë ju ka sjellë këtu, të dashur fëmijë?" u tha ajo. "Po qe se ju ka shtyrë uria, atëherë ejani dhe shikoni se çfarë kam për ju."

Ajo i mori për dore dhe i çoi në shtëpinë e saj të vogël.

Hanseli dhe Gretela hëngrën gjithfarë ushqimesh të mira! Mollë dhe arra, qumësht dhe petulla të mbuluara me mjaltë.

Pastaj ata u shtrinë në dy krevate të vogla të mbuluara me çarçafë të bardhë dhe fjetën sikur të ishin në parajsë.

Duke i vështruar me sy të picërruar, gruaja tha: "Jeni që të dy shumë të dobët. Ëndërroni ëndrra të ëmbla sa për sot, sepse nesër do të fillojnë ëndrrat e tmerrshme!"

Gruaja e çuditshme me shtëpi të ngrënshme dhe shikim të dobët vetëm sa ishte shtirur si miqësore. Në fakt, ajo ishte një magjistare e keqe!

Hansel and Gretel were given all good things to eat! Apples and nuts, milk, and pancakes covered in honey.

Afterwards they lay down in two little beds covered with white linen and slept as though they were in heaven.

Peering closely at them, the woman said, "You're both so thin. Dream sweet dreams for now, for tomorrow your nightmares will begin!"

The strange woman with an edible house and poor eyesight had only pretended to be friendly. Really, she was a wicked witch!

Në mëngjes magjistarja e keqe e rrëmbeu Hanselin dhe e shtyu në një kafaz.
I zënë në kurth dhe i tmerruar, ai bërtiti për ndihmë.
Gretela erdhi me vrap. "Çfarë po bëni me vëllain tim?" thirri ajo.
Magjistarja qeshi dhe rrokullisi sytë e saj të kuq gjak. "Po e bëj gati për t'u ngrënë," iu përgjigj. "Edhe ti vogëlushe, do të më ndihmosh."
Gretela u tmerrua.
Ajo u dërgua të punonte në kuzhinën e magjistares ku ajo përgatiti një sasi të madhe ushqimi për të vëllain.
Por i vëllai nuk pranoi të shëndoshej.

In the morning the evil witch seized Hansel and shoved him
into a cage. Trapped and terrified he screamed for help.
Gretel came running. "What are you doing to my
brother?" she cried.
The witch laughed and rolled her blood red eyes.
"I'm getting him ready to eat," she replied. "And you're
going to help me, young child."
Gretel was horrified.
She was sent to work in the witch's kitchen where
she prepared great helpings of food for her brother.
But her brother refused to get fat.

Magjistarja e vizitonte Hanselin çdo ditë. "Ma shtri gishtin," i thoshte prerë, "që të mund të ndiej se sa i majmur je!" Hanseli nxirrte një kockë që e mbante për fat, të cilën e kishte mbajtur në xhep. Magjistarja, e cila i kishte sytë shumë të dobët, nuk kuptonte fare përse djali mbetej i dobët si kockë. Pas tre javësh ajo e humbi durimin.
"Gretelë, ik merr dru dhe nxitohu, se atë djalin do ta fusim në tenxhere," tha magjistarja.

The witch visited Hansel every day. "Stick out your finger," she snapped. "So I can feel how plump you are!" Hansel poked out a lucky wishbone he'd kept in his pocket. The witch, who as you know had very poor eyesight, just couldn't understand why the boy stayed boney thin. After three weeks she lost her patience.
"Gretel, fetch the wood and hurry up, we're going to get that boy in the cooking pot," said the witch.

Gretela ndezi me ngadalë zjarrin për furrën me dru.

Magjistares i humbi durimi. "Ajo furra duhet të jetë gati tani. Futu brenda dhe shiko nëse është e nxehtë sa duhet!" bërtiti ajo.

Gretela e dinte mirë atë që kishte ndërmend magjistarja. "Nuk e di se si," i tha.

"Moj idiote, vajzë idiote!" thirri magjistarja. "Dera është mjaft e gjerë, madje edhe unë mund të hyj brenda!"

Dhe sa për ta provuar ajo futi kokën brenda.

Shpejt si rrufeja, Gretela e shtyu magjistaren në furrën që digjej.

Ajo mbylli dhe i vuri shulin derës së hekurt dhe vrapoi tek Hanseli duke bërtitur, "Vdiq magjistarja! Vdiq magjistarja! Ja, i erdhi fundi magjistares së keqe!"

Gretel slowly stoked the fire for the wood-burning oven.

The witch became impatient. "That oven should be ready by now. Get inside and see if it's hot enough!" she screamed.

Gretel knew exactly what the witch had in mind. "I don't know how," she said.

"Idiot, you idiot girl!" the witch ranted. "The door is wide enough, even I can get inside!"

And to prove it she stuck her head right in.

Quick as lightning, Gretel pushed the rest of the witch into the burning oven. She shut and bolted the iron door and ran to Hansel shouting: "The witch is dead! The witch is dead! That's the end of the wicked witch!"

Hanseli u hodh nga kafazi si një zog që fluturon.

Hansel sprang from the cage like a bird in flight.

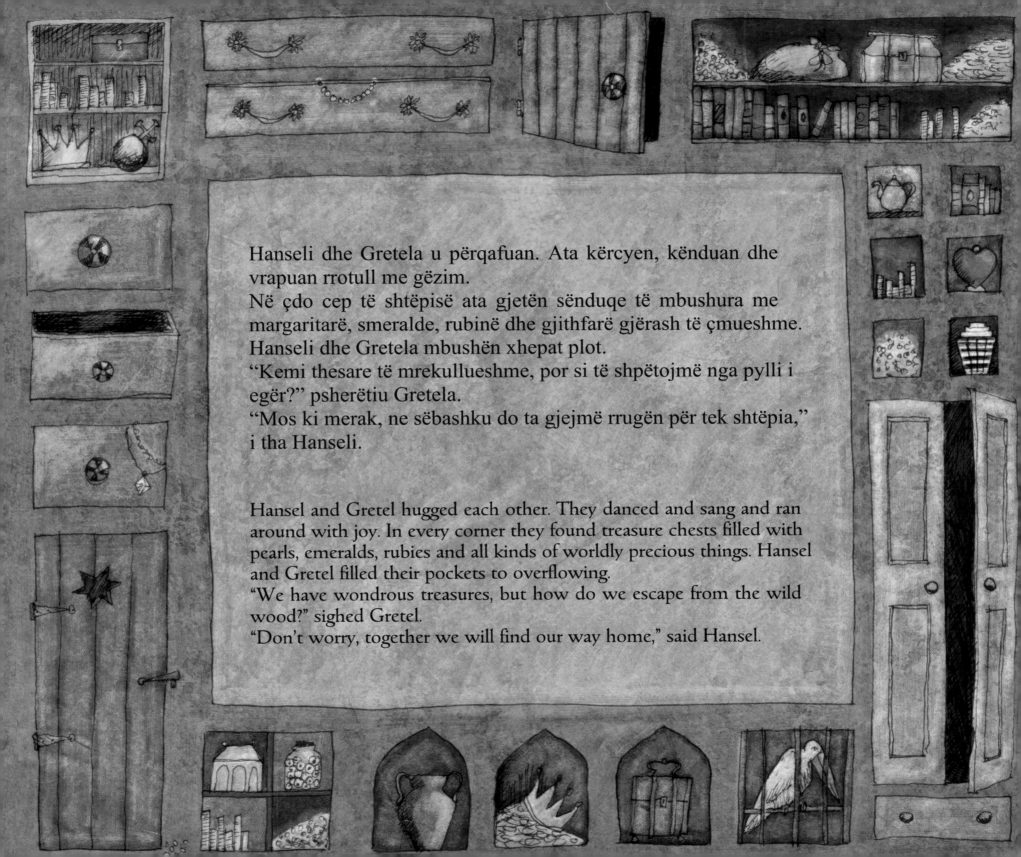

Hanseli dhe Gretela u përqafuan. Ata kërcyen, kënduan dhe vrapuan rrotull me gëzim.

Në çdo cep të shtëpisë ata gjetën sënduqe të mbushura me margaritarë, smeralde, rubinë dhe gjithfarë gjërash të çmueshme. Hanseli dhe Gretela mbushën xhepat plot.

"Kemi thesare të mrekullueshme, por si të shpëtojmë nga pylli i egër?" psherëtiu Gretela.

"Mos ki merak, ne sëbashku do ta gjejmë rrugën për tek shtëpia," i tha Hanseli.

Hansel and Gretel hugged each other. They danced and sang and ran around with joy. In every corner they found treasure chests filled with pearls, emeralds, rubies and all kinds of worldly precious things. Hansel and Gretel filled their pockets to overflowing.

"We have wondrous treasures, but how do we escape from the wild wood?" sighed Gretel.

"Don't worry, together we will find our way home," said Hansel.

Pas tre orësh ata erdhën tek një rrjedhë uji.

"Ne nuk mund ta kalojmë," tha Hanseli. "Nuk ka as varkë, as urë, vetëm ujë të kaltër e të kthjellët."

"Shiko! Mbi dallgët e vogla, po lundron një rosë e bardhë e dlirë," i tha Gretela. "Mbase ajo mund të na ndihmojë."

Ata kënduan bashkë: "O rosë e vogël, me pendët e bardha që shkëlqejnë, të lutem na dëgjo, uji është i thellë, uji është i gjerë, a mund të na çosh në bregun matanë?"

Rosa iu afrua dhe çoi së pari Hanselin dhe pastaj Gretelën në bregun tjetër pa asnjë problem.

Në bregun tjetër ata hasën një botë të njohur.

After three hours they came upon a stretch of water.

"We cannot cross," said Hansel. "There's no boat, no bridge, just clear blue water."

"Look! Over the ripples, a pure white duck is sailing," said Gretel. "Maybe she can help us."

Together they sang: "Little duck whose white wings glisten, please listen.

The water is deep, the water is wide, could you carry us across to the other side?"

The duck swam towards them and carried first Hansel and then Gretel safely across the water.

On the other side they met a familiar world.

Hap pas hapi, ata gjetën rrugën për tek kasollja e druvarit.

"U kthyem!" thirrën fëmijët.

Babait të tyre i shkëlqeu fytyra me një buzëqeshje të gjerë nga veshi në vesh.

"Nuk kam kaluar asnjë çast të lumtur gjatë kohës që keni ikur," u tha. "Kam kontrolluar kudo…"

Step by step, they found their way back to the woodcutter's cottage.

"We're home!" the children shouted.

Their father beamed from ear to ear. "I haven't spent one happy moment since you've been gone," he said.

"I searched, everywhere…"

"Po Mamaja?"

"Ajo ka ikur! Kur nuk na mbeti asgjë për të ngrënë, ajo doli e tërbuar duke thënë që nuk do ta shihja më kurrë. Tani jemi vetëm ne të tre."

"Edhe xhevahirët tanë të çmueshëm," i tha Hanseli, duke futur dorën në xhep dhe duke nxjerrë një margaritar të bardhë si bora.

"Mirë pra," tha i ati, "duket se të gjitha problemet tona morën fund!"

"And Mother?"

"She's gone! When there was nothing left to eat she stormed out saying I would never see her again. Now there are just the three of us."

"And our precious gems," said Hansel as he slipped a hand into his pocket and produced a snow white pearl.

"Well," said their father, "it seems all our problems are at an end!"